D1385486

Für Ivan

Jane Hissey

Der kleine Bär
ist verschwunden

Aus dem Englischen von Anu Stohner

Otto Maier Ravensburg

Den ganzen Morgen hatte der alte Bär zu tun.
Er packte ein Riesenpicknick für seine
Freunde mit belegten Broten, Kuchen,
Törtchen und allem.
„Ich glaube fast, ich habe ein bißchen viel
eingepackt", brummte er, als er oben auf
dem Deckel des Picknickkorbs saß, der einfach
nicht zugehen wollte.
Da sauste plötzlich etwas Pelziges mit roten
Hosen an dem Korb vorbei und verschwand
unter einem Stapel Bücher.
„Was meinst du, kann man mich hier unten
finden?" fragte der kleine Bär.
„Kaum", sagte der alte Bär. „Sucht dich denn
jemand?"

Bevor der kleine Bär antworten konnte, flog die Tür auf, und Bibo Braun, die Ente und das Kaninchen stürmten ins Zimmer. Es sah nicht so aus, als suchten sie den kleinen Bär. Nein, sie versteckten sich selber! Das Kaninchen und die Ente flitzten hinter die Vorhänge, und von Bibo Braun sah man bald nur noch die Füße unter dem blauen Kissen hervorschauen. „Wir spielen Verstecken!" rief das blaue Kissen mit einer Stimme, die sich genau wie die von Bibo Braun anhörte. „Niemand kann uns finden!" „Bestimmt nicht", sagte der alte Bär. „Hier ist nämlich niemand, der euch sucht."

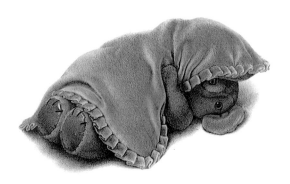

Einen Augenblick war es ganz still, dann
bewegte sich das blaue Kissen.
Bibo Braun sah den alten Bär traurig an.
„O nein", sagte er unglücklich, „jetzt ist es uns
schon wieder passiert. Immer vergessen wir,
daß man zum Versteckspielen auch einen
braucht, der sucht."
Auch die drei anderen kamen aus ihrem Versteck.
„Schade", sagte die Ente. „Das wäre bestimmt ein
schönes Spiel geworden."
„Alter Bär", sagte der kleine Bär nachdenklich,
wenn wir uns alle noch mal verstecken, kannst
du uns dann suchen?"

Dem alten Bär gefiel die Idee. Er hielt sich
die Augen zu und zählte langsam bis zehn.
„Eins, zwei, drei…", so weit war er, als
das Kaninchen in die Blumenvase hüpfte und
versuchte, wie ein Strauß Tulpen auszusehen.
„Vier, fünf, sechs", zählte er weiter, und die Ente
sprang in einen Schuhkarton.
„Sieben, acht, neun", sagte er, da blinzelte
Bibo Braun noch einmal hinter dem Vorhang vor.
„ZEHN!" rief der alte Bär. „ICH KOMME!" Und
jetzt war auch der kleine Bär verschwunden.

Der alte Bär schaute sich im Zimmer um, ob
er nicht irgendwo ein Ohr oder eine Pfote
entdecken konnte.
Als erstes fand er einen Socken, den er schon
seit Wochen vermißte. Und danach fand er
mindestens zehn Murmeln, die irgendwo drunter-
gerollt waren. Der alte Bär fand sogar die Katze,
die sich gar nicht versteckt hatte, und sie
half ihm suchen. Aber auch zu zweit konnten
sie die Freunde nicht finden.
„Ich geb's auf", seufzte der alte Bär. „Ich finde
euch nicht. Ich finde immer nur Sachen, die ich
gar nicht suche. Können wir nicht erst ein
bißchen aufräumen und dann noch mal von
vorne anfangen?"

Einer nach dem anderen kam aus seinem
Versteck – alle, außer dem kleinen Bär.
„Wo ist der kleine Bär?" fragte Bibo Braun.
Aber niemand wußte es.
„Er kann nicht weit weg sein", sagte der
alte Bär. „Wie wär's, wenn wir ihn alle
zusammen rufen?"
Sie kletterten auf einen Stuhl und riefen so
laut KLEINER BÄR! WO BIST DU?, daß sie sich
selbst erschraken und fast vom Stuhl fielen.
Die Ente stieß mit ihrem Schnabel in alle Kissen,
ob der kleine Bär darunter steckte.

Und Bibo Braun spähte unter das Bett.

„Vielleicht ist er da drunter", sagte er.

„Ich werde dort auf gar keinen Fall nachsehen",
sagte die Ente. „Unterm Bett ist es mir zu dunkel
und zu staubig."

„Oh, ich kann gehen", sagte das Kaninchen.
„Unterm Bett ist es wie in einem Tunnel,
und ich liebe Tunnel."

Das Kaninchen wollte gleich los, aber Bibo Braun
hielt es fest.

„Einen Augenblick, Kaninchen!" sagte er. „Wir
binden dir eine Leine um und halten sie gut fest.
Dann kannst du uns nicht verlorengehen."

Mit der Leine um den Bauch verschwand
das Kaninchen in der Dunkelheit.
Die anderen warteten schon eine ganze Weile,
da gab es einen solchen Ruck, daß die Ente auf
ihren Schnabel fiel.
„Ich hab' ihn, ich hab' ihn!" rief das Kaninchen.
„Ich halte ihn fest, zieht uns raus!"
Sie zogen alle miteinander kräftig an der Leine,
so fest, daß das Kaninchen mit dem Schwanz
voran unter dem Bett hervorgeschossen kam.
Aber in den Armen hielt es nicht den kleinen
Bär…

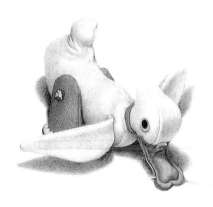

… sondern einen Hausschuh!

„Oh!" sagte die Ente und starrte auf den Hausschuh. „Ich glaube, das ist er nicht."

„Natürlich nicht", sagte Bibo Braun. „So hat der kleine Bär noch nie ausgesehen."

„Aber er hat sich genauso angefühlt wie der kleine Bär", sagte das Kaninchen traurig.

„Du kannst nichts dafür, Kaninchen", tröstete ihn der alte Bär. „Du warst sehr tapfer, ganz alleine da drunter zu kriechen. Und außerdem bin ich sicher, daß der kleine Bär bald wieder auftaucht."

„Ich wette, daß nicht", sagte die Ente, die immer noch auf den Hausschuh starrte. „Wahrscheinlich ist er fortgegangen und ist jetzt schon weit, weit weg von hier."

„Unsinn", sagte Bibo Braun. „Ich vermute, er steckt in irgendwelchen Schwierigkeiten. Wir müssen weitersuchen."

„Vielleicht sollten wir ein Plakat machen",
schlug der alte Bär vor. „Ein Plakat mit einem
Bild vom kleinen Bär, und unter dem Bild steht:
DIESER BÄR WIRD VERMISST! Dann wissen alle,
daß wir ihn suchen!"
Sie holten die Malsachen, und Bibo Braun setzte
sich hin und malte einen kleinen Bären mit einer
roten Hose. Er sah dem kleinen Bär tatsächlich
ziemlich ähnlich. Nur war kein Platz mehr für:
DIESER BÄR WIRD VERMISST.
„Macht nichts", sagte der alte Bär. „Das Bild
sieht so traurig aus, daß man gleich versteht,
was gemeint ist."

Bibo Braun war sich da nicht so sicher. Er rief
vorsichtshalber alle ihre Freunde zusammen und
erzählte ihnen, was passiert war. Da wollten alle
suchen helfen und fingen auch gleich damit an.
Sie rollten Teppiche ein, kletterten an Vorhängen
hoch, hüpften in Schublanden und wühlten in
der Spielzeugkiste. Sie schauten sogar in die
Blumentöpfe und kippten den Papierkorb aus.
Irgendwann glaubten sie,
sie hätten das ganze Haus
abgesucht. Aber der
kleine Bär blieb
wie vom Erdboden
verschluckt.

„Puh, ich bin müde", sagte Bibo Braun.
„Und ich bin hungrig", sagte die Ente.
„Ich glaube", sagte der alte Bär, „wir haben
alle hart gearbeitet und eine Pause verdient.
Jetzt machen wir ein schönes Picknick, und
danach suchen wir weiter."
Er führte sie zu dem Picknickkorb, den er am
Morgen gepackt hatte und hob den Deckel hoch.
„Na", sagte er stolz, „wie gefällt euch das?"

Alle schauten in den Korb. Aber was sie sahen,
war nicht das, was sie erwartet hatten. Da drin,
unter einem Geschirrtuch schlief tief und fest
der kleine Bär.
Er sah sehr satt und sehr zufrieden aus.
„Na so was!" Bibo Braun verschlug es die Sprache.
„Scheint so, als hätten wir den kleinen Bär
gefunden und dafür das Picknick verpaßt",
seufzte die Ente. Sie starrte auf die Krümel, mit
denen der kleine Bär über und über bedeckt war.
„Wie gut, daß ich viel zuviel eingepackt hatte",
sagte der alte Bär. „Seht ihr, es ist noch
genug für uns übrig."
Bibo Braun hob den kleinen
Bär aus dem Korb und
drückte ihn fest an sich.
„Alle mitkommen!" rief er.
„Jetzt gibt es ein
Picknick".

Ganz vorsichtig schleppten sie den Korb
rumpeldipumpel die Treppe hinunter und
hinaus in den Garten.
„Hier ist ein guter Platz", sagte der alte Bär
und breitete die Decke unter einem Baum aus.
Es wurde ein richtiges Fest, und sie aßen den
Korb bis auf den letzten Krümel leer. Dann
legten sie sich in die Sonne und ruhten sich aus.
„Ich weiß was!" rief plötzlich der kleine Bär
und sprang vor Begeisterung in die Höhe.
„Wir spielen Verstecken!"
Aber er bekam keine Antwort.
Die Freunde schliefen tief und
fest. Sie sahen sehr satt und
sehr zufrieden aus.

3 2 1   92 94 95

Alle Rechte dieser Ausgabe liegen beim
Ravensburger Buchverlag Otto Maier GmbH
© 1989 Jane Hissey
Die englische Originalausgabe erschien
unter dem Titel „Little Bear lost"
bei Hutchinson Children's Books, London
Printed in Hong Kong
ISBN 3-473-33358-1